許萍芬 著
Poems by Angela, Ping-Fen HSU

失眠的鯊魚

Insomniac Shark
Der schlaflose Hai

許萍芬漢英德三語詩集
Mandarin-English-German

台灣詩叢 • Taiwan Poetry Series 21

給我摯愛的弟弟嘉洲

（他可能很得意）

【總序】詩推台灣印象

叢書策劃／李魁賢

　　進入21世紀，台灣詩人更積極走向國際，個人竭盡所能，在詩人朋友熱烈參與支持下，策畫出席過印度、蒙古、古巴、智利、緬甸、孟加拉、尼加拉瓜、馬其頓、秘魯、突尼西亞、越南、希臘、羅馬尼亞、墨西哥等國舉辦的國際詩歌節，並編輯《台灣心聲》等多種詩選在各國發行，使台灣詩人心聲透過作品傳佈國際間。

　　多年來進行國際詩交流活動最困擾的問題，莫如臨時編輯帶往國外交流的選集，大都應急處理，不但時間緊迫，且選用作品難免會有不周。因此，興起策畫【台灣詩叢】雙語詩系的念頭。若台灣詩人平常就有雙語詩集出版，隨時可以應用，詩作交流與詩人交誼雙管齊下，更具實際成效，對台灣詩的國際交流活動，當更加順利。

　　以【台灣】為名，著眼點當然有鑑於台灣文學在國際間名目不彰，台灣詩人能夠有機會在國際努力開拓空間，非為個人建立知名度，而是為推展台灣意象的整體事功，期待開創台灣文學的長久景象，才能奠定寶貴的歷史意義，台灣文學終必在世界文壇上佔有地位。

　　實際經驗也明顯印證，台灣詩人參與國際詩交流活動，很受重視，帶出去的詩選集也深受歡迎，從近年外國詩人和出版社與本人合作編譯台灣詩選，甚至主動翻譯本人詩集在各國文學雜誌或詩刊發表，進而出版外譯詩集的情況，大為增多，即可充分證明。

　　承蒙秀威資訊科技公司一本支援詩集出版初衷，慨然接受【台灣詩叢】列入編輯計畫，對台灣詩的國際交流，提供推進力量，希望能有更多各種不同外語的雙語詩集出版，形成進軍國際的集結基地。

【推薦序】柏林詩人

廖亦武
德國書商和平獎得主（2012）

　　許萍芬是詩人，這是我以前沒想到的——以前我只知道她是文化方面的策展人。她曾受臺灣駐德國大使謝志偉的委託，組織團隊幫我拍攝過描述香港淪陷的詩歌朗誦影片《二次屠殺》，也曾主持過臺灣駐柏林使館歡迎美麗島抗議事件的英雄之一陳菊訪歐。我們有過相當多的交往——萍芬有無數的可能性變換無數的稱謂，可我唯一沒想到她是一個詩人，竟然用詩行來記錄自己的日常生活，靈氣十足，天分足夠，比如「失眠的鯊魚」這個題目，就讓我很意外。因為只有「失眠的鯊魚」才將暫時迷失嗜血的攻擊本能，這剛巧道出了叢林世界弱肉強食的冷酷本質。

　　萍芬的德國丈夫，中文名叫「孔茂」，是個小說家。這也是我以前沒想到的——以前我只知道孔茂是一個高明的醫生，對病人和朋友都極有耐心。直到有一天，他拿出一疊翻成中文的小說稿，就像這次，萍芬寄來一本詩集，冷不防嚇人一跳。並且，孔茂的小說是寫他在上海行醫之際，如何千難萬險上湖北武當山，尋找道家的修煉方式，以求得心靈的解脫或開悟——讀完萍芬的詩集，我的眼前不再是臺灣策展人和德國醫生的組合，而是詩人和小說家的神交。萍芬的日記式詩歌，恰恰是孔茂當年追尋的答案。比如在自序中，萍芬提到弘一法師臨終那世人皆知的「悲欣交集」，我的理解是，對於活著的人們未知的死亡，或未知的疆域，即將跨入死亡的弘一法師，不知道是「悲」還是「欣」，所以，萬般「交集」——孔茂也一定讀懂了以下詩句：

　　大滴大滴的眼淚
　　迅速跳出我的眼睛
　　掉落到桌面上
　　第一次聽到眼淚的聲音

　　我經常說：我是一個柏林人。雖然，據說，這句話，兩個美國總統（甘迺迪和雷根）都說過。可我沒有模仿他們的意思。柏林這地界，街上走著的每個普通人，表面的身份也許和萍芬和孔茂一樣，是策展人、廣告人、工人、醫生、市民、修理工、清潔工、公務員、郵遞員、藝術家，甚至流浪漢，可被掩蔽的心靈的身份或職業，卻是自我高度期許並認可的某某人、某某家。比如我是流亡的、用中文寫作的職業作家，可誰也不知道我喜歡去墓地，因為在墓地我可以高聲用母語講故事，而沒有任何德國人從地下冒出來反對；再比如某個冬日，我從二戰中被美國飛機削去腦袋的威廉二世教

8

堂（又叫破教堂）附近的鐵路橋下路過，猛然瞅見一個流浪漢從睡袋中掏出一本厚厚的書，我忍不住好奇，就湊了過去——封面的德文我不認識，但湯瑪斯・曼那張胖臉我還能分辨出來——這個流浪漢竟然在閱讀《魔山》——火車從頭頂轟隆隆地碾過。這就是我現在的故鄉柏林，離我的原鄉成都，相差十萬八千里。

　　我今生只為劉曉波和劉霞的詩集寫過序言，因為他們的情況相當特別。而今天破例為萍芬寫這篇不合格的「序言」，是因為她和我是一樣的柏林人，真摯，隨意，不那麼在乎，特別包容，也特別嫉惡如仇。還有就是這兒的氛圍，也適合寫這樣一篇序言——地盤沒紐約大，閱讀人數卻比紐約多，上街抗議或歡慶的人數也多，做夢或夜遊的人也多。不務正業的醉漢就更多了。你、我、他，真是超級幸運啊。感謝上帝。

　　　　　　　　　　　　2024年1月17日，夏洛特城堡

【自序】失眠的鯊魚

　　今年一月，我在京都的東本願寺門口看到了一個立牌寫著「悲しみ、苦しみ、惱み、痛みは、人生の味」（意思是：悲傷，心酸，煩惱，痛苦，是人生的滋味）。我想：這是寫給來拜訪寺廟的人看的吧？

　　我心裡有個疑問：也許吧？但為什麼不至少加一個「樂」混合一下？恰巧，我決定把我為笠詩社60週年紀念寫的一首詩〈深夜食堂〉放進這本詩集──我在那首詩裡借用了弘一法師臨終前寫的「悲欣交集」四個字。在我的理解裡，悲傷與喜悅像兩股繫得緊緊交纏的繩子，形成一股生命的軸。

　　2022年到2024年，在新冠疫情結束前，世界上發生了許多人禍天災，俄烏戰爭，以巴衝突，還有摩洛哥地震等。我住在柏林，看到不少烏克蘭人在此流亡，學習，或是工作，有時候跟他們對話時，會想這個世界怎麼了。我為此寫下幾首詩：〈巴赫姆特的《月光奏鳴曲》〉，〈陽台上的最後一朵玫瑰〉，〈地鐵正義〉，〈被退回的明信片〉，〈黑夜裡的噩夢〉。

　　這一本詩集是我2022年8月到2024年1月之間寫的作品，其中大部分都是在德國柏林完成的。我在2022年八月寫的〈時間的流〉是我此刻對人生的感受：

......

像河流裡一個小小的鵝卵石
快快的
慢慢的
駐留與離開
滾動與滑行
而最終消失
不擔心我是否被記住
因為我記得
這個痛苦的滾動
以及暢快的游著

　　最近在柏林讀到民主鬥士施明德過世的消息，想把這首詩獻給他。

萍芬

2024年1月29日　柏林

失眠的鯊魚

Insomniac Shark・Der schlaflose Hai

目次

第二輯

第三輯

第一輯

生日快樂

零點，零分。
在另一個空間，向你說聲生日快樂
就如往常你從不忘記為在不同國度的我道聲生日快樂

零點，零分。
在另一個空間，走進了我們都喜愛的日本料理

就如往常你總說：你點就好了！
不如往常，大滴大滴的眼淚
迅速跳出我的眼睛
掉落到桌面上
第一次聽到眼淚的聲音

忽然想跟你說
如果眼淚是鑽石
我們就發了

時間的流

夜裡
遠方迅速經過的自行車遊俠
亮亮的
優雅的
從哪裡來
去哪裡
像時間的流

我也像河流裡一個小小的鵝卵石
快快的
慢慢的
駐留與離開
滾動與滑行
而最終消失
不擔心我是否被記住
因為我記得

這個痛苦的滾動
以及暢快的游著

我到麥比拉*來看你

我到麥比拉來看你

我帶著一杯木瓜牛奶
來看你
鋪好野餐布
拿出詩集
我躺在樹下
再次
享受與你相處的時光

墓前的小植物謝了
又長出新芽
微風輕輕吹的
午後時光
找到一個完美的角度
再次
感受彼此的陪伴

今天是感恩節
感謝有你

* 麥比拉在此是指位於台灣高雄湖內區之「麥比拉生命園區」。

再見

時速三百公里
是我此刻離開的速度
快速地，飛奔般地
通過綠色森林

月亮
出來了
高高地

星星
也出來了
明亮地

記憶的蒙太奇
在我腦海不斷地上映
甜甜的

太陽快出來了
已經聞到咖啡的香氣
濃濃地

感謝與你相聚的時光
開心地

期待再次見面
彼時
時速一千公里
是我回來的速度
很快地

地鐵正義

地鐵裡
一個看起來很開心的
難民小女孩和她的媽媽

在小小女孩的世界裡
只要跟媽媽在一起
哪裡都好玩吧

在媽媽的世界裡
沒有國與家的女孩
哪裡都害怕啊

冬季的柏林
下午四點
天已經黑了
零度的天氣
可能要下雪了

此時此刻
小女孩的媽媽
祈禱著

停止戰爭吧
遠在烏克蘭東邊的戰壕
小女孩的爸爸
可以盡快回家
小女孩的哥哥
可以不用上戰場

澤倫斯基說
烏克蘭
絕不接受和談

小女孩的哥哥
已經被徵召了

小女孩的爸爸
回得來嗎

普丁在莫斯科
笑著

再來吧
更多的正義

帕岸島的早上

——驚醒

淡藍色的海
鳥兒吱吱叫
微風輕輕吹
我
坐在白色的沙灘上

啊……
又被蚊子咬了

* 本篇原為德文，形式為德文11字詩的變形。

帕岸島的早上

——發呆

太陽應該是一個畫家
早上七點淡藍色的海
現在九點已經層次分明
土耳其藍
湛藍
紫藍
綠藍

那空氣是一個雕塑家，魔術師，還是導演
看不厭的雲朵

我，還有一直陪伴我的，昨晚才認識的狗

我在發呆
牠在打盹

芭蕾舞者

綁好舞鞋
等待音樂響起
為了與夢中的自己相遇
練習再練習

苦著
痛著
樂著
旋轉著

為了生命感動的一刻
邁開步伐
縱身飛起

但這次我會跌到雲裡
跳首
"Hit the Road Jack"

早晨的第一杯咖啡

——攪動著

走進廚房
準備早晨的第一杯咖啡

一份義大利濃縮
一茶匙巧克力
半杯冰牛奶

攪動著

想念你的滋味

很苦
很甜
很濃

攪動著

早晨的第一杯咖啡

——喝完了

走進廚房
準備早晨的第一杯咖啡

本週低溫多雨
俄烏戰爭
台海危機
疫情再度在中國爆發

啊
這一切即將過去

像1920年代的柏林風華
我欣賞著
驚豔著
唏噓著
想像著
高談闊論著

但
這一切即將過去

戰場上的士兵們死了
普丁也死了
習近平完了

哦

我的咖啡也喝完了

噪音

媽媽煮開水的聲音
爸爸開收音機的聲音
弟弟的咳嗽聲

請問可以安靜點嗎
我還要睡一下

多年後
那打擾我的噪音
漸漸遠去

終於安靜的夜
溫暖的被裡
卻躲著失眠的我

第二輯

陽光拜訪法蘭克福大街

那來自家鄉的陽光
穿越漫漫冬天
來到法蘭克福大街

我坐在長椅上
閉上眼睛
再次感受媽媽的溫柔懷抱

希望此刻暫時停止
但願永遠不要長大

巴赫姆特的《月光奏鳴曲》

黑夜裡
貝多芬《月光奏鳴曲》
在書房響起

第一樂章升C小調
沉重，朦朧

月光同時緩緩照進巴赫姆特戰壕裡
戰士想起在家鄉的人兒
歡樂時刻，甜蜜笑聲

第二樂章降D大調
平靜，優美

黑夜裡
戒備的烏克蘭戰士
子彈已上膛

第三樂章升C大調
衝擊，戲劇

等候月光照進戰壕那一刻
光榮時刻
即將來臨

陽台上最後一朵玫瑰

冷冽的天
絕望的灰
陽台上最後一朵玫瑰
拒絕掉落

冷冽的風
無情的雨
陽台上最後一朵玫瑰
毅然綻放

無聲的街
緊閉的窗
陽台上最後一朵玫瑰
等待著我的
歸來

御風玫瑰

來自莫斯科的大風
趁著黑夜偷襲柏林
凜冽風刀肆意砍殺
所有綻放的玫瑰

漏夜擊潰大風
被風刀砍傷的玫瑰
不顧背上的傷
迎來早上八點的太陽在我的陽台依然

御風綻放

彈著鋼琴的流浪漢

清晨
擁擠的舍恩浩森大街*車站
無數宿醉的軀體無神的眼
流浪漢十指彈著破舊鋼琴
送出美妙琴聲
喚醒我的靈魂

夜晚
熙攘的柏林愛樂演奏廳
滿座時尚的群眾期待的眼
大師四手聯彈的鋼琴奏鳴曲
傳來掌聲雷動
提醒我要拍手

* 舍恩浩森大街是柏林城市快鐵的一站 S Bahn Schoenhauser Allee。

仲夏夜奏鳴曲

深藍色天空
寂靜仲夏夜
月亮爬上楓樹梢
帶來你的問候

我很好。
只是非常想你！

陣陣涼風吹動楓樹
像海邊的浪花
蟋蟀開始領唱仲夏夜奏鳴曲

精采演出
就像你說的笑話

此時流星滑過天際
我忍不住拍手叫好

你可
別來無恙？

冬雪輕爵士

窗外湛藍的天空
瞬間飄著白雪
捎來你的問候

我很好！
謝謝你。

白色雪景令人屏息
但願你也能感受到此刻美景

此時沖杯卡布奇諾
打開輕爵士樂

你可
別來無恙？

烏魚米粉

迎著海風
我看見爸爸
帶回漁獲的笑容

混合海浪與家鄉口感
烏魚米粉
爸爸和我秒速相聚

原來
想念的滋味是
現撈的

摩洛哥悲歌

驚叫和淚水
一夜之間深藏地底

心碎和絕望
毫不留情撒滿大地

走不出的焦慮夢境
再也找不到出口

佇立的白色山城
翻轉沉入黑暗地獄

五百年後已成壁畫
沒有淚水一片寂靜

除了蛙鳴

那個英國人和他的夫人

——致Manning夫婦的一生摯愛

花白的頭髮
花白的鬍子
微微的笑容
陪伴著夫人參觀畫廊

花白的頭髮
花白的鬍子
微微的笑容
陪伴著夫人　欣賞音樂

花白的頭髮
花白的鬍子
躺在加護病房
微微的點頭

就葬在柏林
繼續
陪伴著夫人

霧

———欣賞德國畫家Ann-Katrin Schaffner作品
"On the run"

濃濃的霧
籠罩黑色森林
我騎上白馬
失速飛奔

逃離
不再回頭地
逃離

濃濃的霧
將我化為
白色顏料
留在一幅
黑色森林的油畫裡

第三輯

黑夜裡的噩夢

初陽東方升起
怎麼忽然變成黑夜
是成群的烏鴉同時飛到天上嗎

歡樂銳舞音樂
怎麼忽然變調成機槍掃射
是我做噩夢了嗎

看那
上台的政客

聽那
正義譴責的言詞
拿著酒杯大口咀嚼一口肉
噴著口水急忙指揮大軍作戰

聽那
震耳欲聾的砲響

看那
跑防空洞小女孩
拿著奶瓶
噙著淚水

原來不是滿天烏鴉
是滿天飛彈

原來不是噩夢
是戰爭

被退回的明信片

冬天的太陽
是初春寄來的明信片
短短幾行
令我溫暖不已

我閉上眼睛
發現一個遺棄的郵包
所有寄到加薩的
明信片
全被退回

上面蓋上
此處
只有嚴冬

秋天的華爾滋

早上走進森林
微微秋風和金黃色楓葉
在陽光下跳著華爾滋

風　吹起
再吹起

楓葉　旋轉
再旋轉

頑皮的風
趁著最後一曲華爾滋
偷偷地帶走楓葉

留下空蕩蕩森林
和我

深夜食堂

—— 為笠詩社60年紀念詩文專輯

我翻鍋快炒
辛酸苦辣

我低烹慢煮
寂寞孤獨

今生悲欣交集
因為正義必須伸張
因為眼淚必須縱橫
因為刻骨銘心愛你

我的深夜食堂
今晚為你開伙

酸甜苦辣鹹

此時為你
化為隻字片語
因為味道不能遺忘

聖誕不快樂

兩千年前

在黑暗行走的百姓看見了大光
住在死蔭之地的人
有光照耀他們*

有一個嬰孩為我們而生

兩千年後

在黑暗行走的百姓看見了流彈
住在加薩的人
無光照耀他們

有好多嬰孩為了誰而死

* 《以賽亞書》9:2（繁體中文和合本）。

幽靈與種子

Fee-fi-fo-fum*
一個幽靈，共產主義的幽靈，在歐洲遊蕩**
吸走了好多靈魂
一個個沒有靈魂的軀體
不斷出現

不斷出現

Fee-fi-fo-fum
一個種子，自由的種子，在地底下發脹
突破地表
一個個新芽向一線陽光
不斷長大

不斷長大

* Fee-fi-fo-fum源自英國童話《傑克與豌豆》。
**原文是德文：Ein Gespenst geht um in Europa – das Gespenst des Kommunismus.共產黨宣言（1848）。

回家

——三月與好友到七股看黑面琵鷺

趁著中秋月圓夜
離開寒冷與蕭瑟
跟著最亮的月光
起飛

向暖暖的台灣
全速前進

黑夜裡星星相伴
黎明即將到來

他們說
台灣是世界上最危險的地方
但這裡卻是
我心最安定的地方

月亮依然升起

我剪一個傍晚的月亮
白白的
輕輕的
高掛天空
看著你

我剪一個大大的月亮
特別圓
特別亮
伴著你
走回家

我剪一個黃澄澄的月亮
放在你的窗口
靜靜的
陪著你
漸漸入睡

雙黃蓮蓉

一刀切下雙黃蓮蓉
看見兩個月亮
像你的大眼睛
分外明亮

嚐一口雙黃蓮蓉
柔滑香甜

想念你的陣陣心酸
湧上心頭

閉上眼睛
眼淚就掉下來了

奇怪呢

這名貴的月餅怎麼是
五味雜陳的

十月菱角

秋天
豐收的菱角
淡淡清香
飄在暖暖的午後

爸爸帶回兩包
最香軟的菱角

剝開黑色硬殼
淡紫色果仁
鬆綿甜美

爸爸說
菱角仁有個很安全很溫暖的家

我說
菱角仁的家是我的肚子

爸爸和我
過了一個
飽飽的
暖暖的下午

我的魔法

陽光從楓樹葉中穿過
西風吹起黃綠色的花絮雨
我在車水馬龍的法蘭克福大街
命令世界暫時停止

遛狗的藍髮女孩
騎著腳踏車戴著黑色毛線帽的男孩
戴著金色項鍊的老太婆
四隻鴿子飛下綠色草地停在金黃色的陽光裡

微風輕輕吹著

這是我的魔法
世界暫時停止三個半小時

失眠的鯊魚

Insomniac Shark · Der schlaflose Hai

朗讀
——線上音檔

朗讀者：許萍芬

目錄：

YouTube　　　Spotify

感謝

　　這本詩集的完成並非我一人之力：

　　感謝大詩人李魁賢的邀請。我深感榮幸《失眠的鯊魚》
被收入「台灣詩叢」系列。

　　感謝大作家廖亦武為我寫序《柏林詩人》。

　　感謝 Dr. Robert Phelps, Emma White, Barbara Müller and Dr.
Malte Kiessler為英文版與德文版的翻譯提供許多建議與訂正。

　　感謝 Emma White, Dr. Malte Kiessler 以及 Hanno Koloska 協
作錄製Podcast 音頻。

　　感謝 Franz-Josef Kiessler 為《時間的流》製作配樂。

　　感謝台灣《笠詩刊》早先發表本詩集的部分中文詩。

　　感謝秀威出版社編輯群，特別是陳彥儒先生與吳霽恆小
姐數月來與我跨國的討論與對話。

　　感謝我的家人以及好友們的支持與鼓勵。

　　最後，也謝謝你的閱讀。

　　希望在某詩句行間裡，有你我共同的觸動。

作者簡介

許萍芬

廣告人／策展人

　　台灣台南人。畢業於台灣輔仁大學大眾傳播系。獲得英國Surrey大學管理碩士學位。曾在台灣IBM工作，後期任英國跨國廣告公司（M&C Saatachi）中國分公司CEO。目前為德國柏林活躍策展人，致力推動台灣與歐洲文化藝術交流。

失眠的鯊魚

Insomniac Shark · Der schlaflose Hai

許萍芬　Angela, Ping-Fen HSU

Insomniac Shark

失眠的鯊魚・Der schlaflose Hai

中文　English　Deutsch

To my brother Charles

(He might be pleased.)

【 Preface 】 Berlin Poet

Liao Yiwu

German Book Trade Peace Prize Laureate(2012)

Ping-Fen Hsu is a poet, something I never thought of before — I only knew her as a cultural curator. She was commissioned by Prof. Dr. Jhy-Wey Shieh, the Taiwanese ambassador to Germany, to organize a team to film a poetry recitation video depicting the fall of Hong Kong titled "The Second Massacre". She also hosted Chen Chu, one of the heroes of the Taiwan Kaohsiung Incident, during her visit to Europe at the Taiwanese Embassy in Berlin. We have had quite a lot of interaction — Ping-Fen has innumerable potentials and numerous titles, but the only thing I didn't expect was that she was a poet, recording her daily life in verse, full of spirituality, with enough talent. For example, the title "The Insomniac Shark" surprised me. Because only "The Insomniac Shark" temporarily loses its bloodthirsty aggressive instinct, which just happens to reveal the cruel nature of the jungle world's survival of the fittest.

Ping-Fen's German husband, whose Chinese name is "Kong Mao", is a novelist. This was also unexpected — I knew Kong Mao was a skilled doctor, very patient with patients and friends. Until one day, he took out a stack of novels translated into Chinese, just like this time, when Ping-Fen sent a poetry collection, startlingly unexpected. Moreover, Kong Mao's novel is about his time practicing medicine in Shanghai, how he went through numerous difficulties to Wudang Mountains in Hubei to seek Taoist cultivation methods for spiritual liberation or enlightenment — after reading Ping-Fen's poetry collection, I no longer see them as a combination of Taiwanese curator and German doctor, but a spiritual union of poet and novelist. Ping-Fen's diary-style poetry is precisely the answer Kong Mao was seeking back then. For example, in the preface, Ping-Fen mentions the well-known "Intertwining of joy and sorrow" of Master Hong Yi at his deathbed. My understanding is, facing the unknown death or territory for living people, the about-to-die Master Hong Yi didn't know whether to feel "sorrow" or "joy", so, all kinds of "mixture" — Kong Mao must have understood the following verses:

> Big drops of tears
> Swiftly leap from my eyes
> And fall onto the table
> The first time I hear the sound of dropping tears

I often say: I am a Berliner. Although, it is said that two American presidents (Kennedy and Reagan) have said the same thing. But I didn't mean to imitate them. In Berlin, every ordinary person walking on the street, may have a surface identity like Ping-Fen and Kong Mao, as curators, advertisers, workers, doctors, citizens, repairmen, cleaners, civil servants, postmen, artists, or even homeless people, but the hidden identity or occupation of the soul is someone or something they highly aspire to and recognize themselves as. For example, I am an exiled professional writer who writes in Chinese, but no one knows I like going to cemeteries, because there I can tell stories aloud in my mother tongue without any Germans popping up from the ground to object; for another example, one winter day, I was passing under the railway bridge near the William II Church (also called the Broken Church), which was beheaded by American planes during World War II, and suddenly saw a homeless man pulling out a thick book from his sleeping bag, I couldn't help but be curious and approached — I didn't recognize the German on the cover, but I could still distinguish Thomas Mann's chubby face — the homeless man was actually reading "The Magic Mountain" — as the train rumbled overhead. This is my current hometown Berlin, ten thousand eight hundred miles away from my original hometown Chengdu.

In my life, I have only written prefaces for Liu Xiaobo and Liu Xia's poetry collections, because their situations were quite special. And today, I am exceptionally writing this unqualified "preface" for Ping-Fen, because she and I are the same kind of Berliner, genuine, casual, not so caring, especially tolerant, and particularly hating evil. And also, the atmosphere here is suitable for writing such a preface — the territory is not as big as New York, but there are more readers than in New York, more people protesting or celebrating in the streets, and more people dreaming or wandering at night. There are even more drunkards who are not serious about their work. You, me, him, we are really super lucky. Thank God.

January 17, 2024, Schloss Charlottenburg

【 Preface by the Author 】
Insomniac Shark

In January this year, at the gate of Higashi Honganji Temple in Kyoto, I saw a sign that read "悲しみ、苦しみ、悩み、痛みは，人生の味" (which means: sorrow, suffering, annoyance, pain are the flavors of life). I wondered: Is this written for the visitors of the temple?

I had a question in my mind: Maybe? But why not at least mix in some joy? Coincidentally, I have decided to include a poem that I wrote for the 60th anniversary of Li-Poetry, "Late Night Diner," in this poetry – in that poem, I borrowed the words "悲欣交集" (mixed feelings of sorrow and joy) written by Master Hongyi before his death. In my understanding, sorrow and joy are like two tightly intertwined ropes, forming an axis of life.

From 2022 to 2024, before the end of the Covid-19 Pandemic, many catastrophes occurred in the world: the Russia-Ukraine war, the Israel-Palestine conflict, the Morocco earthquake, etc. Living in Berlin, I saw many Ukrainians live as refugees, or try to study, or work here. Sometimes when talking to them, I wondered what was happening to this world. For this, I wrote several poems: "Moonlight Sonata in

Bachmut," "The Last Rose on the Balcony," "Subway Justice," "The Returned Postcards," "In the Nightmare of the Night."

This poetry collection consists of works I wrote between August 2022 and January 2024. Most of them were completed in Berlin, Germany. The poem "Flow of Time" I wrote in August 2022 describes my current feeling about life -

I am also like a small pebble in the river

Swiftly

Slowly

Staying and leaving

Rolling and sliding

And ultimately disappearing

I don't worry if I'm remembered

Because I remember

This painful rolling

And the joyous swimming

Recently, in Berlin, I read the news of the death of the democratic fighter Shi Mingde. I thought of dedicating this poem to him.

Angela

January 29, 2024, Berlin

失眠的鯊魚
Insomniac Shark · Der schlaflose Hai

CONTENTS

Volume Two

Volume Three

Volume One

Happy Birthday to You

Twelve o'clock, midnight.

In another universe, I wish you a happy birthday

Just as usual, countries away, you never fail to wish me a happy
    birthday

Twelve o'clock, midnight.

In another universe, I walk into a Japanese restaurant we like

Just as usual you say: You always order best!

But not as usual, big drops of tears

Swiftly leap from my eyes

And fall onto the table

It is the first time I hear the sound of dropping tears

Suddenly, I want to tell you

If tears were diamonds

We'd be rich

Flow of Time

In the night

Cyclists swiftly passing in the distance

Bright

Elegant

Where do they come from

Where are they going

Like the flow of time

I am also like a small pebble in the river

Swiftly

Slowly

Staying and leaving

Rolling and sliding

And ultimately disappearing

I don't worry if I'm remembered

Because I remember

This painful rolling

And the joyous swimming

I Came to Maibila* to See You

I came to Maibila to see you

Carrying a cup of papaya milk
Laying out a picnic blanket
Taking out a poetry collection
I lay under the tree
Once again
Enjoying the time spent with you

The small plants in front of the grave have withered
New shoots have sprouted
The gentle breeze softly blows
In the afternoon
Finding a perfect angle
Once again
Feeling the companionship between us

Today is Thanksgiving

Thankful to have you

* "Maibila" refers to the "Maibila Cemetery" located in the Hunei District of Kaohsiung, Taiwan.

Farewell

Three hundred kilometres per hour
Is my current pace of departure
Rapid, like a soaring run
Through the green forest

The moon
Rises
So high

Stars
Shine
So bright

The montage of memories
Continuously projects in my mind
So sweet

The sun is on the verge of rising

The aroma of coffee already lingers

So intense

Grateful for being with you,

What a joy

Cannot wait to see you

At that moment

A speed of one thousand kilometres

Is the speed of my return

So rapidly

Subway Justice

In the subway
A young, seemingly happy
Refugee girl and her mother

In a little girl's world
As long as she's with her mother
Everywhere is fun

In a mother's world
For the girl without a country and a home
Everywhere is fearful

Winter in Berlin
Four o'clock in the afternoon
The sky is already dark
Zero degrees
It might snow soon

At this moment

The little girl's mother

Prays

Stop war

In the trenches far to the east of Ukraine

The little girl's dad

Could come home soon

The little girl's brother

Doesn't have to go to the battlefield

Zelensky says

Ukraine

Will never accept peace talks

The little girl's brother

Has already been conscripted

Will the little girl's dad
Come back

Putin in Moscow
Laughs

Bring it on
More justice

Morning in Ko Pha Ngan

- Awakened

Light blue sea

Birds chirping

Breeze blowing

I

Sit on the white beach

Ouch

Another mosquito bite

Again

Morning in Ko Pha Ngan

- Daydreaming

The sun must be a painter
At 7 a.m., the sea is a light blue canvas
By 9 a.m., it has become intricately layered
Turquoise blue
Twilight blue
Indigo
Greenish blue

Is the air a sculptor, a magician, or a film director
Ever fascinating clouds

I, along with the dog I just met last night
Gaze into the distance
I'm daydreaming
While it takes a nap

Ballet Dancer

Tying up ballet shoes
Waiting for the music to start
To meet the self in dream
Practicing over and over

Enduring hardship
Feeling the pain
Yet rejoicing
Spinning around

In pursuit of a stirring moment of life
Taking steps
Leaping into the air

But this time I will
Fall into the clouds

Dance to

"Hit the Road Jack"

The First Morning Coffee

- Mixed

I step into the kitchen
Prepare the first morning coffee

One shot of espresso
One teaspoon of chocolate
Half a glass of cold milk

Mixed

Missing you

Very bitter
Very sweet
Very intense

Mixed

The First Morning Coffee

- Gone

I step into the kitchen
Prepare the first morning coffee

This week, it's cold and rainy
The Russia-Ukraine war
Taiwan Strait crisis
The pandemic erupts again in China

All this will soon be gone

As the glamour of 1920s Berlin
I appreciated
Astonish
Sigh
Imagine
Loudly talk about it

But

All this will soon be gone

Soldiers on the battlefield have died

Putin is gone

Xi Jinping is gone

Oh

My coffee is also gone

Noise

Mom is boiling water
Dad is tuning the radio
Bro is coughing

Could you please stop making noises
I wanna sleep

Many years later
The noises that bother me
Fading away

Finally a quiet night
Inside the warm blanket
Hiding a sleepless me

失眠的鯊魚

Insomniac Shark · Der schlaflose Hai

Volume Two

Sunlight Visits Frankfurter Allee

The sunlight travels from my hometown
Through the long winter
Arrives at Frankfurter Allee

I sit on a bench
Close my eyes
I feel once again the gentle cuddling with my mother

Hoping this moment will stay temporarily
Wishing never to grow up

Moonlight Sonata in Bachmut

In the night
Moonlight Sonata
Resonates in the study

The first movement rises in C minor
Heavy, misty

Moonlight in the midst gently shines into the trenches of Bachmut
Soldiers recall loved ones back home
Moments of joy, sweet laughter

The second movement descends into D major
Tranquil, enchanting

In the night
Alert Ukrainian soldiers
Bullets loaded

The third movement rises in C major

Intense, theatrical

Waiting for the moment when moonlight enters the trench

The moment of glory

Will come

The Last Rose on the Balcony

Cold and harsh day

Desperate gray

The last rose on the balcony

Refuses to fall

Chilling wind

Relentless rain

The last rose on the balcony

Blossoms resolutely

Silent streets

Closed windows

The last rose on the balcony

Waits for my return

The Rose Braving the Wind

A fierce wind from Moscow

Taking advantage of the night stealthily assaults Berlin

The biting wind blades ruthlessly cut down all the blooming roses

Defeating the wind through the night

The wounded rose

Ignoring the scars on its back

Welcomes the eight o'clock morning sun on my balcony braving the
     wind and

Blooming

The Piano - Playing Vagabond

In the morning

Crowded Schönhauser Allee station

Full of hungover men with fatigued eyes

A wanderer plays the worn-out piano with ten fingers

Sending out beautiful melodies

Waking up my soul

At night

The bustling Berlin Philharmonie

Full of stylish spectators with eager eyes

Masters playing a piano sonata together with four hands

Applause roaring through

Reminding me to applaud

Midsummer Night Sonata

Sapphire blue sky
Silent midsummer night
The moon climbs above the maple branches
Bringing greetings from you

I am well.
Just miss you a lot!

The cool breeze rustles the maple trees
Like waves by the seaside
Crickets begin to lead the Midsummer Night Sonata

A splendid performance
Just like your humor

A shooting star glides across the sky
I can't help but applaud

Hello!

How are you?

Smooth Jazz in Snowy Winter

Outside the window, a sky of azure

Short white snowflakes drift down and

Carry your greetings

I am well.

Thank you!

Breathtaking white snow scenery

May you too sense the scenery I have seen

Brew a cup of cappuccino

Turn on smooth jazz

Hello!

How are you?

Blackmullet Vermicelli

Facing the sea breeze

I see the smile on papa's face

As he brings back the catch

The waves mix with a feeling of home

Blackmullet vermicelli

Dad and I reunite within no time

Apparently

The flavour of nostalgia is

Straight from the sea

Morocco Lament

Screams and tears
Overnight hidden deep underground

Heartbreak and despair
Mercilessly scattered across the land

Unable to escape the anxious dreams
No longer able to find an exit

The standing white mountain city
Flips and sinks into the dark abyss

Five hundred years later, it has become a mural
Silent, without a single tear

Except for the croaking of frogs

The Englishman and his Wife

- Dedicated to Mr. and Mrs. Manning,
for their forever love

Gray hair

Gray beard

Gentle smile

The Englishman accompanied his wife

To the gallery

Gray hair

Gray beard

Gentle smile

The Englishman accompanied his wife

To the concert

Gray hair

Gray beard

The Englishman was in an ICU bed

Gently nodding

Buried in Berlin

Continuing to

Accompany his wife

The Fog

- Appreciating the artwork "On the run"
by the German artist Ann-Katrin Schaffner

Dense fog

Envelops the dark forest

I ride a white horse

Dashing in full speed

Fleeing

Without looking back

Fleeing

Dense fog

Turns me into

White pigment

Left on a canvas

Of the dark forest

失眠的鯊魚

Insomniac Shark · Der schlaflose Hai

Volume Three

In the Nightmare of the Night

The morning sun rises in the east

How did it suddenly turn into the dark night

Did flocks of crows simultaneously fly to the sky

The joyful rave dance party

How did it suddenly shift to the sound of machine guns firing

Am I having a nightmare

Look

Politicians taking the stage

Listen

Words of justice

Holding wine glasses, chewing on a mouthful of meat

Spraying saliva, hastily directing the army into battle

Listen

The deafening sounds of artillery

Look

A little girl running to the air-raid shelter

Holding a milk bottle

Tears streaming down

It turns out it's not a sky full of crows

It's a sky full of missiles

It turns out it's not a nightmare

It's war

The Returned Postcards

The sunshine in winter
Is a postcard sent from early spring
Just a few lines
It fills me with warmth

I close my eyes
And discover an abandoned parcel
All the postcards
Sent to Gaza
Have been returned

Stamped on them
Here
"Harsh winter only"

Autumn Waltz

Morning I step into the woods
Gentle autumn breeze and golden maple leaves
Dance in the sunlight

The wind begins to blow
Blowing once more

Maple leaves continue to spin
Spinning once again

Mischievous wind
Secretly carrying away the maple leaves
In the last waltz

Leaving behind deserted woods
And me

Late Night Diner

- For the 60th Anniversary of Li-Poetry Magazine

I stir-fry quickly in the pan
Experiencing bitterness and hardship

I simmer slowly at low heat
In solitude and loneliness

In this life, joy and sorrow intertwine
Because justice must be upheld
Because tears must flow freely
For my profound, unforgettable love for you

My late night diner
Tonight, I shall cook for you

Sour, sweet, bitter, spicy, salty

For you, at this moment

Turned into mere words and phrases

For flavours cannot be forgotten

Unhappy Christmas

Two thousand years ago

The people walking in darkness have seen a great light
On those living in the land of deep darkness
A light has dawned*

Unto us a child is born

Two thousand years later

The people walking in darkness see missiles
On those living in Gaza
No light has dawned

For whom many babies are dead

* From Bible Book Isaiah 9:2 NIV.

Spectre and Seed

Fee-fi-fo-fum*

A spectre is haunting Europe — the spectre of communism**

Draining many souls

Bodies without souls

Keep appearing

Keep appearing

Fee-fi-fo-fum

A seed, the seed of freedom, swells underground

Rising above the ground

Each new sprout reaching for a ray of sunlight

Keeps growing

Keeps growing

* Fee-fi-fo-fum originates from the English fairy tale "Jack and the Beanstalk".
** The Communist Manifesto (1848) - Karl Marx and Friedrich Engels The original text is in German: Ein Gespenst geht um in Europa – das Gespenst des Kommunismus.

Return Home

- Black-faced spoonbills watching, Tainan

Full moon night in mid-autumn
Leaving the cold and bleakness
Following the brightest lunar light
We soar

Heading towards the warm Taiwan
With full speed

Stars keep company in the dark night
With dawn on the horizon

They say
Taiwan is the most dangerous place on earth*
Yet here it is
The place where my heart feels most at peace

* The Economist, May 1st, 2021.

Moon also Rises

I craft an evening moon

White

And light

Hanging high in the sky

Watching over you

I craft a big moon

Remarkably round

And bright

Walking you

Back home

I craft a golden moon

Placed it by your window

Silent

Accompanying you

Slip to sleep

Double Yolk Mooncake

Slicing through double yolks lotus paste mooncake

Reveals two moons

Like your eyes

Unusually bright and clear

Taste one bite of it

Smooth and sweet

Miss you

Echoing waves of sorrow

Surge up in my heart

Close my eyes

Tears begin to fall

How bizarre

This exquisite mooncake

Seems to hold

A medley of flavours

October's Water Chestnuts

Autumn
Harvested water chestnuts
Their faint fragrance
Wafting through the cozy afternoon

Dad returns with two bags
Of the most aromatic and tender water chestnuts

Peeling the hard black shell
Reveals the light purple kernel
So soft, so sweet, and so fluffy

Dad says
The kernels of water chestnuts have a very safe and warm home

I say
The home of water chestnut kernels is my stomach

A satiated

Warm afternoon

With Dad

My Magic

Sunlight pierces through maple leaves
The west wind brings a shower of yellow-green catkins
On the bustling Frankfurter Allee
I command the world to freeze

A girl with blue hair walking her dog,
A boy on a bike wearing a black woollen hat
An old lady adorned with a golden necklace
Four pigeons descending to the green grass, all freeze in the golden
  rays of the sun

With a gentle breeze softly blowing

This is my magic
The world pauses for three and a half hours

失眠的鯊魚

Insomniac Shark · Der schlaflose Hai

Reading
- Audio Data

Reader: Emma White (US)

Table of Contents:

YouTube   Spotify

Acknowledgements

Bringing this poetry collection to life was a shared journey:

Many thanks to the esteemed poet Kuei-shien Lee for his invitation. I am deeply honored to be part of the "Taiwan Poetry Series."

Special thanks to talented multilinguists: Dr. Robert Phelps, Emma White, Barbara Müller, and Dr. Malte Kiessler. Their dedicated efforts significantly shaped the English and German editions.

Immense gratitude to Emma White, Dr. Malte Kiessler, and Hanno Koloska for dedicating their valuable time and providing support in producing the podcast episodes.

Special thanks to Franz-Josef Kiessler for creating the accompaniment music for "The Flow of Time."

Heartfelt thanks to Taiwan's "Li-Poetry" for having published some of the early poems. My deep appreciation to the Showwe editorial team, especially to Mark Chen and Zoe Wu, for their extensive communications with me over the past several months.

With profound gratitude and great pride, I have received a preface from the renowned poet and writer Yiwu Liao.

Thank you to my family and friends for their support and

encouragement.

Last but not least, thank you for reading.

I hope that in some lines of this poetry collection, we share a touch of life.

About the Author

Angela, Ping-Fen HSU

Advertising Professional/ Curator

Born in Tainan, Taiwan. Graduated from the Department of Mass Communication at Fu Jen Catholic University in Taiwan. Received a Master's degree in Management from the University of Surrey in the United Kingdom. Worked at IBM Taiwan and later served as CEO China for British multinational advertising Agency M&C Saatchi. Now Hsu is an active curator in Berlin, Germany, dedicated to promoting cultural and artistic exchanges between Taiwan and Europe.

許萍芬　Angela, Ping-Fen HSU

Der schlaflose Hai

失眠的鯊魚・Insomniac Shark

中文　English　Deutsch

Für Meinen Bruder Chia Chou

(Möglicherweise ist er erfreut.)

〔Vorwort von〕Berliner Dichter

Liao Yiwu

Friedenspreisträger des Deutschen Buchhandels

(2012)

Ping-Fen Hsu ist eine Dichterin, etwas, das ich nie zuvor gedacht hätte — ich kannte sie nur als Kulturkuratorin. Sie wurde vom Repräsentanten Taiwans in Deutschland, Prof. Dr. Jhy-Wey Shieh, beauftragt, ein Team zu organisieren, um ein Video zu drehen: Über eine Gedichtrezitation mit dem Titel "Das Zweite Massaker". Sie war auch Gastgeberin für Chen Chu, eine der Heldinnen des Zwischenfalls in Kaohsiung*, Taiwan, als diese während ihres Aufenthalts in Europa die taiwanische Botschaft in Berlin besuchte.Wir hatten recht viele Interaktionen — Ping-Fen hat unzählige Potenziale und viele Titel. Aber das Einzige, was ich nicht erwartet hatte, war, dass sie eine Dichterin ist, die ihr tägliches Leben in Versen aufzeichnet, voller Spiritualität, mit reichlich Talent. Zum Beispiel überraschte mich der Titel "Der schlaflose Hai". Denn nur "Der schlaflose Hai" verliert vorübergehend seinen blutrünstigen, aggressiven Instinkt, was gerade die grausame Natur des Überlebens des Stärkeren in der Dschungelwelt offenbart.

Ping-Fens deutscher Ehemann, dessen chinesischer Name "Kong Mao" ist, ist ein Romanautor. Auch das war unerwartet — ich wusste, dass Kong Mao ein geschickter Arzt war, sehr geduldig mit Patienten und Freunden. Bis er eines Tages ein ins chinesische übersetztes Romanmanuskript aus der Tasche zog. Genau wie diesmal, als Ping-Fen eine Gedichtsammlung schickte, überraschend und unerwartet. Außerdem handelt Kong Maos Roman von seiner Zeit als Mediziner in Shanghai, wie er zahlreiche Schwierigkeiten überwand, um zu den Wudang-Bergen in Hubei zu gehen und dort nach taoistischen Kultivierungsmethoden für spirituelle Befreiung oder Erleuchtung zu suchen.Nachdem ich Ping-Fens Gedichtsammlung gelesen hatte, sehe ich die beiden nicht mehr als Kombination aus taiwanischer Kuratorin und deutschem Arzt, sondern als spirituelle Vereinigung von Dichterin und Romanautor. Ping-Fens tagebuchartige Poesie ist genau die Antwort, nach der Kong Mao damals suchte. Zum Beispiel erwähnt Ping-Fen in der Einleitung das bekannte "Vermischen von Freude und Trauer" von dem Meister Hong Yi auf seinem Sterbebett schreibt. Meiner Meinung nach wusste der sterbende Meister Hong Yi nicht - den unbekannten Tod oder das Territorium für lebende Menschen vor Augen - ob er "Trauer" oder "Freude" fühlen sollte, also, allerlei "Mischung".

Kong Mao muss die folgenden Verse verstanden haben:

Anders als sonst springen dicke Tropfen Tränen

prompt aus meinen Augen

und fallen auf den Tisch

Zum ersten Mal hör ich den Klang von Tränen

Ich sage oft: Ich bin ein Berliner. Es ist überliefert, dass zwei amerikanische Präsidenten (Kennedy und Reagan) dasselbe gesagt haben. Aber ich hatte nicht vor, sie zu imitieren. In Berlin mag jede gewöhnliche Person auf der Straße eine äußerliche/oberflächliche Identität wie Ping-Fen und Kong Mao haben, als Kuratoren, Werber, Arbeiter, Ärzte, Bürger, Handwerker, Reinigungskräfte, Beamte, Postboten, Künstler oder sogar Obdachlose. Aber die verborgene Identität oder Berufung der Seele ist jemand oder etwas, das sie anstreben und worin sie sich erkennen. Zum Beispiel bin ich ein im Exil lebender professioneller Schriftsteller, der auf Chinesisch schreibt, aber niemand weiß, dass ich gerne auf Friedhöfe gehe, denn dort kann ich laut in meiner Muttersprache Geschichten erzählen, ohne dass irgendein Deutscher aus dem Boden auftaucht, um Einspruch zu erheben; zum Beispiel ging ich eines Wintertages unter der Eisenbahnbrücke in der Nähe der Kaiser-Wilhelm-Gedächtniskirche (auch die "Zerbrochene Kirche" genannt), die im Zweiten Weltkrieg von amerikanischen Flugzeugen enthauptet wurde, vorbei und sah plötzlich einen

153

Obdachlosen, der ein dickes Buch aus seinem Schlafsack zog. Ich konnte nicht anders, als neugierig zu sein und näherte mich — ich konnte das Deutsche auf dem Cover nicht lesen, aber ich konnte Thomas Manns rundes Gesicht noch erkennen — der Obdachlose las tatsächlich "Der Zauberberg" — während der Zug über seinem Kopf dröhnte. Das ist mein jetziges Zuhause in Berlin, zehntausendachthundert Meilen entfernt von meiner ursprünglichen Heimat Chengdu.

In meinem Leben habe ich nur Vorworte für die Gedichtsammlungen von Liu Xiaobo und Liu Xia geschrieben, denn ihre Situationen waren ganz besonders. Und heute schreibe ich ausnahmsweise dieses nicht qualifizierte "Vorwort" für Ping-Fen, weil sie und ich dieselben Berliner sind, echt, lässig, nicht so besorgt, besonders tolerant und mit besonderer Aversion gegenüber dem Bösen. Außerdem eignet sich die Atmosphäre hier zum Schreiben eines solchen Vorworts - Berlin ist nicht so groß wie New York, aber es gibt hier mehr Leser als in New York, mehr Menschen, die auf den Straßen protestieren oder feiern, und mehr Menschen, die nachts träumen oder umherziehen. Es gibt sogar noch mehr Trunkenbolde, die ihre Arbeit nicht ernst nehmen. Du, ich, er, wir sind wirklich super glücklich. Gott sei Dank.

17. Januar 2024, Schloss Charlottenburg

【 Einführung der Autorin 】
Der schlaflose Hai

Im Januar dieses Jahres sah ich am Eingang des Higashi Honganji-Tempels in Kyoto ein Schild mit der Aufschrift "悲しみ、苦しみ、悩み、痛みは、人生の味" ("Trauer, Schmerz, Ärger und Leid sind die Geschmäcker des Lebens."). Ich dachte: Ist das für die Besucher des Tempels geschrieben?

Ich hatte eine Frage in meinem Herzen: Es könnte sein. Aber warum nicht zumindest etwas Freude hinzufügen? Damals beschloss ich, ein Gedicht, das ich zum 60-jährigen Jubiläum der Li-Gedichtsammlung geschrieben hatte, "Late-Night-Dinner", in diese Sammlung aufzunehmen – In diesem Gedicht verwendete ich die Worte "悲欣交集" (gemischte Gefühle von Trauer und Freude), die Meister Hongyi kurz vor seinem Tod geschrieben hatte. In meinem Verständnis sind Trauer und Freude wie zwei eng miteinander verwobene Seile, die eine Achse des Lebens bilden.

Von 2022 bis 2024, vor dem Ende der Corona-Pandemie, ereigneten sich viele Katastrophen in der Welt: der Russland-Ukraine-Krieg, der Israel-Palästina-Konflikt, das Erdbeben in Marokko usw. Ich lebe in Berlin und sah viele Ukrainer, die hier Zuflucht suchten, studierten oder arbeiteten.

Manchmal, wenn ich mit ihnen sprach, fragte ich mich, was mit dieser Welt los ist. Daher schrieb ich mehrere Gedichte: "Mondscheinsonate in Bachmut", "Die letzte Rose auf dem Balkon", "U-Bahn Gerechtigkeit", "Die zurückgesandten Postkarten", "Im Albtraum der Nacht".

Diese Gedichtsammlung besteht aus Werken, die ich zwischen August 2022 und Januar 2024 geschrieben habe. Die meisten sind in Berlin, Deutschland, entstanden. Das Gedicht "Fluss der Zeit", das ich im August 2022 schrieb, drückt mein aktuelles Lebensgefühl aus.

⋯Auch ich bin wie ein ganz kleiner Kiesel im Fluss

ganz hurtig

ganz langsam

trödelnd und schweifend

trudelnd und schlitternd

zuletzt verschwindend

unbekümmert, ob meiner erinnert wird

denn ich erinner

dieses schmerzhafte Trudeln

und das heitere Schwimmen

Kürzlich las ich in Berlin die Nachricht vom Tod des demokratischen Kämpfers Nori Shih*. Ich dachte daran, ihm dieses Gedicht zu widmen.

Ping-Fen

29. Januar 2024, Berlin

失眠的鯊魚

Insomniac Shark · Der schlaflose Hai

Inhalt

Band Zwei

Band Drei

Band Eins

Zum Geburtstag viel Glück

Null Uhr. Null Minuten.

In einem anderen All sag ich zu dir, zum Geburtstag viel Glück

Genau wie sonst du über Länder hinweg nie versäumst, dass ich

    höre, zum Geburtstag viel Glück

Null Uhr. Null Minuten.

In einem anderen All betreten wir das japanische Restaurant, das wir

    beide so lieben

Genau wie sonst sagst du: Am besten, du bestellst!

Anders als sonst springen dicke Tropfen Tränen

Prompt aus meinen Augen

Und fallen auf den Tisch

Zum ersten Mal hör ich den Klang von Tränen

Plötzlich möchte ich dir sagen

Wenn Tränen Diamanten wären

Wären wir reich

Der Fluss der Zeit

Bei Nacht

Von weit her, jagen Fahrradritter vorbei

Ganz strahlend

Elegant

Kommen woher

Ziehen wohin

Wie der Fluss der Zeit

Auch ich bin wie ein ganz kleiner Kiesel im Fluss

Ganz hurtig

Ganz langsam

Trödelnd und schweifend

Trudelnd und schlitternd

Zuletzt verschwindend

Unbekümmert, ob meiner erinnert wird

Denn ich erinner

Dieses schmerzhafte Trudeln

Und das heitere Schwimmen

Ich komme nach Maibila[*], dich zu besuchen

Ich komme nach Maibila, dich zu besuchen.

Ich bringe eine Papaya-Milch mit

Breite die Picknickdecke aus

Nehm den Gedichtband zur Hand

Ich lege mich unter den Baum

Noch einmal

Zeit in deiner Gesellschaft zu genießen

Das Kleinkraut vor dem Grab verwelkt

Und wieder aufgesprossen

Eine Brise weht ganz sanft

Nachmittagszeit

Den perfekten Blickpunkt finden

Noch einmal

Unser beider Gemeinschaft zu spüren

Heute ist Thanksgiving
Danke, dass du da bist.

* "Maibila" bezieht sich auf den "Maibila-Friedhof" im Bezirk Hunei
von Kaohsiung, Taiwan.

Auf Wiedersehen

Dreihundert Kilometer pro Stunde

Ist das Tempo, mit dem ich jetzt entschwinde

Rasch, wie rasend

Durch den grünen Wald

Der Mond

Kommt hervor

Sehr hoch

Die Sterne

Kommen auch hervor

Sehr hell

Montage der Erinnerung

Spielt unentwegt in meinem Kopf

Sehr süß

Die Sonne geht bald auf

Kann schon den Duft des Kaffees riechen

Sehr stark

Dankbar für die Zeit mit dir

Sehr froh

Voll Vorfreude aufs nächste Wiedersehen

Dann sind

Tausend Kilometer pro Stunde

Das Tempo, mit dem ich wiederkehre

Ganz schnell

U-Bahn-Gerechtigkeit

In der U-Bahn
Ein glücklich aussehendes
Flüchtlingsmädchen und seine Mutter

In der Welt des kleinen Mädchens
Solange sie bei der Mutter ist
Ist überall Spaß

In der Welt der Mutter
Für das Mädchen ohne Land und Zuhause
Ist überall Angst

Winter in Berlin
Vier Uhr nachmittags
Der Himmel ist bereits dunkel
Null Grad
Es könnte bald schneien

In diesem Moment

Die Mutter des kleinen Mädchens

Betet

Stoppt den Krieg

In den Gräben weit im Osten der Ukraine

Der Papa des kleinen Mädchens

Könnte bald nach Hause kommen

Der Bruder des kleinen Mädchens

Muss nicht auf das Schlachtfeld gehen

Zelensky sagt

Die Ukraine

Wird niemals Friedensgespräche akzeptieren

Der Bruder des kleinen Mädchens

Wurde bereits eingezogen

Wird der Papa des kleinen Mädchens

Zurückkommen

Putin in Moskau

Lacht

Mehr davon

Mehr Gerechtigkeit

Morgen auf Ko Pha-ngan

- Aufwachen

Helles

Blaues Meer

Zwitschern der Vögel

Wind bläst mich an

Ich

Sitze am weißen Strand

Aw…ah

Schon wieder ein Mückenstich

Morgen auf Ko Pha-ngan

- Tagträumen

Die Sonne muss eine Malerin sein

Um 7 Uhr morgens ist das Meer eine hellblaue Leinwand

Um 9 Uhr ist es bereits kunstvoll geschichtet

Türkisblau

Dunkelblau

Indigo

Grünlichblau

Ist die Luft eine Bildhauerin, eine Zauberin oder eine Regisseurin

Immer faszinierende Wolken

Ich, zusammen mit dem Hund, den ich gestern Abend erst kennengelernt

habe

Starre in die Ferne

Ich träume vor mich hin

Während er ein Nickerchen macht

Der Balletttänzer

Binde die Tanzschuhe

Warte auf den Beginn der Musik

Um im Träumen dem Selbst zu begegnen

Üben, immer wieder üben

Leiden

Schmerz fühlen

Sich freuen

Sich drehen

Auf der Suche nach einem bewegenden Moment des Lebens

Voranschreiten

In die Höhe springen

Aber dieses Mal werde ich in die Wolken fallen

Tanze zu

"Hit the Road Jack"

Der erste Morgenkaffee

- Gemischt

Ich betrete die Küche und

Bereite den ersten Kaffee am Morgen zu

Ein italienischer Espresso

Ein Teelöffel Schokolade

Ein halbes Glas kalte Milch

Gemischt

Sehnsucht nach dir

Sehr bitter

Sehr süß

Sehr intensiv

Gemischt

Der erst Morgenkaffee

- Alle

Morgens betrete ich meine Küche

Bereite die erste Tasse Kaffee für den Tag zu

Diese Woche ist es kalt und regnerisch

Der Russland-Ukraine-Krieg

Die Taiwanstraßen-Krise

Die Pandemie bricht erneut in China aus

Alles geht vorbei

Wie ich den Glamour von Berlin in den 1920er Jahren schätze

Erstaunlich

Seufzend

Vorstellend

Laut darüber sprechend

Aber

Alles geht vorbei

Soldaten auf dem Schlachtfeld sind gestorben

Putin ist weg

Xi Jinping ist fertig

Oh

Mein Kaffee ist auch alle

Lärm

Mama kocht Wasser

Papa stellt das Radio ein

Der Bruder hustet

Könnt ihr bitte aufhören, Lärm zu machen

Ich muss schlafen

Viele Jahre später

Die Geräusche, die mich gestört haben

Verstummten langsam

Endlich eine ruhige Nacht

Unter der warmen Bettdecke

Verbirgt sich ein schlafloses Ich

Band Zwei

Sonnenlicht besucht die Frankfurter Allee

Das Sonnenlicht aus meiner Heimat

Durchdringt den langen Winter

Kommt in der Frankfurter Allee an

Ich sitze auf einer Bank

Schließe meine Augen

Ich spüre wieder die zärtliche Umarmung meiner Mutter

Hoffend, dass dieser Moment vorübergehend anhält

Wünschend, dass ich niemals erwachsen werde

Mondscheinsonate in Bachmut

In der Nacht

Die Mondscheinsonate

Erklingt im Arbeitszimmer

Der erste Satz steigt in c-Moll auf

Schwer, neblig

Gleichzeitig scheint das Mondlicht sanft in die Gräben von Bachmut

Soldaten erinnern sich an ihre Lieben zu Hause

Momente der Freude, süßes Lachen

Der zweite Satz geht in D-Dur über

Ruhig, bezaubernd

In der Nacht

Wachsame ukrainische Soldaten

Geladene Gewehre

Der dritte Satz steigt in C-Dur auf
Intensiv, theatralisch

Warten auf den Moment, wenn das Mondlicht in den Graben
scheint
Der Moment des Ruhms
Wird kommen

Die letzte Rose auf dem Balkon

Kalter und rauer Tag

Verzweifeltes Grau

Die letzte Rose auf dem Balkon

Weigert sich zu fallen

Kalter Wind

Ungnädiger Regen

Die letzte Rose auf dem Balkon

Blüht entschlossen

Stille Straßen

Verschlossene Fenster

Die letzte Rose auf dem Balkon

Wartet auf

Meine Rückkehr

Die Rose, die dem Wind trotzt

Ein heftiger Wind aus Moskau

Nutzt die Nacht und überfällt heimlich Berlin

Der schneidende Wind mäht rücksichtslos nieder

Alle blühenden Rosen

Den Wind über Nacht besiegend

Die verwundete Rose

Ignoriert die Wunden auf ihrem Rücken

Begrüßt die acht Uhr Morgensonne auf meinem Balkon, trotzt dem
    Wind und

Blüht auf

Der Klavier spielende Vagabund

Am Morgen

Überfüllter Bahnhof Schönhauser Allee

Voll von verkaterten Männern mit müden Augen

Ein wandernder Mann spielt das abgenutzte Klavier mit zehn
    Fingern

Sendet wunderschöne Melodien

Erweckt meine Seele

Am Abend

Die belebte Berliner Philharmonie

Stylische Zuschauer mit

Erwartungsvollen Augen

Meister spielen zusammen eine Klaviersonate mit vier Händen

Applaus tost

Und erinnert mich daran, zu klatschen

Mittsommernachtssonate

Tiefblauer Himmel

Stille Sommernacht

Der Mond steigt über die Ahornzweige

Bringt Grüße von dir

Mir geht es gut.

Vermisse dich nur sehr!

Die kühle Brise rauscht durch die Ahornbäume

Wie Wellen am Meer

Die Grillen beginnen, die Mittsommernachtssonate aufzuführen

Eine prächtige Vorstellung

Genau wie dein Humor

Ein Sternschnuppen gleitet über den Himmel

Ich kann nicht anders, als zu applaudieren

Hallo!

Wie geht es dir?

Smooth Jazz
im verschneiten Winter

Draußen vor dem Fenster ein Himmel von Azur
Kurz darauf gleiten weiße Schneeflocken herab und
Bringen deine Grüße mit

Mir geht es gut!
Danke.

Die atemberaubende weiße Schneelandschaft
Ich wünsche, du kannst diese Landschaft auch spüren wie ich

Bereite eine Tasse Cappuccino zu
Schalte Smooth Jazz ein

Hallo!
Wie geht´s Dir?

Meeräschen-Vermicelli

Die Meeresbrise im Gesicht

Sehe ich Papas Lächeln

Als er den Fang nach Hause zurückbringt

Die Wellen vermischen sich mit einem Gefühl von zu Hause

Meeräschen-Vermicelli

Papa und ich sind im Nu ganz nah

Also

Der Geschmack der Nostalgie kommt

Frisch vom Meer

Marokkos Klagelied

Schreie und Tränen
Über Nacht tief im Untergrund versteckt

Schmerz und Verzweiflung
Rücksichtslos über das Land gestreut

Nicht in der Lage, den ängstlichen Träumen zu entkommen
Nicht mehr in der Lage, einen Ausgang zu finden

Die stehende weiße Bergstadt
Kippt und versinkt in den dunklen Abgrund

Fünfhundert Jahre später ist es zu einem Wandgemälde geworden
Still, ohne eine einzige Träne

Außer dem Quaken der Frösche

Der Engländer und seine Frau

- Gewidmet Herrn und Frau Manning, für ihre ewige Liebe

Graues Haar

Grauer Bart

Sanftes Lächeln

Der Engländer begleitete seine Frau

In die Galerie

Graues Haar

Grauer Bart

Sanftes Lächeln

Der Engländer begleitete seine Frau

Zum Konzert

Graues Haar

Grauer Bart

Der Engländer lag auf der Intensivstation

Sanft nickend

In Berlin begraben

Begleitet er weiterhin seine Frau

Der Nebel

- Wertschätzung des Kunstwerks "On the run"
der Künstlerin Ann-Katrin Schaffner

Dichter Nebel

Umhüllt den dunklen Wald

Ich reite auf einem weißen Pferd

In voller Geschwindigkeit davon

Fliehe

Ohne zurückzublicken

Fliehe

Dichter Nebel

Verwandelt mich in

Weiße Pigmente

Zurückgelassen auf einer Leinwand

Mit dunklem Wald

失眠的鯊魚

Insomniac Shark · Der schlaflose Hai

Band Drei

In der Albtraumnacht

Die Morgensonne steigt im Osten auf

Wie ist es plötzlich dunkle Nacht geworden

Sind Krähenschwärme gleichzeitig in den Himmel geflogen

Die fröhliche Rave-Party

Wie ist sie plötzlich zum Klang von Maschinengewehrfeuer geworden

Habe ich einen Albtraum

Schau

Politiker betreten die Bühne

Hör zu

Worte der Gerechtigkeit

Halten Weingläser, kauen auf einem Mund voll Fleisch

Sprühen Spucke, dirigieren hastig die Armee in die Schlacht

Hör zu

Das ohrenbetäubende Geräusch von Artillerie

Schau

Ein kleines Mädchen rennt zum Luftschutzkeller

Hält eine Milchflasche

Tränen fließen

Es stellt sich heraus, es ist nicht ein Himmel voller Krähen

Es ist ein Himmel voller Raketen

Es stellt sich heraus, es ist kein Albtraum

Es ist Krieg

Die zurückgegebenen Postkarten

Die Sonne im Winter

Ist eine Postkarte vom frühen Frühling geschickt

Nur ein paar Zeilen

Sie erfüllen mich mit Wärme

Ich schließe meine Augen

Und entdecke ein verlassenes Paket

Alle Postkarten

Die nach Gaza geschickt wurden

Wurden zurückgegeben

Auf ihnen gestempelt

Hier

"Nur strenger Winter"

Herbstwalzer

Am Morgen betrete ich den Wald

Sanfte Herbstbrise und goldene Ahornblätter

Tanzen im Sonnenlicht

Der Wind beginnt zu wehen

Weht erneut

Die Ahornblätter drehen sich weiter

Drehen sich erneut

Launischer Wind

Trägt heimlich die Ahornblätter davon

Im letzten Walzer

Zurück bleiben ein verlassener Wald

Und ich

Late-Night-Diner

- Zum 60-jährigen Jubiläum der Li-Gedichtsammlung

Ich brate schnell im Wok
Bitterkeit und Härte

Ich gare langsam bei niedriger Hitze
Einsamkeit und Alleinsein

In diesem Leben vermischen sich Freude und Leid
Denn Gerechtigkeit muss herrschen
Denn Tränen müssen frei fließen
Wegen meiner tiefen, unvergesslichen Liebe zu dir

Mein Late-Night-Diner
Heute Abend koche ich für dich

Sauer, süß, bitter, scharf, salzig

Für dich, in diesem Moment

Ich verwandle alles in Worte und Sätze

Damit die Geschmäcker nicht vergessen werden

Unfrohe Weihnachten

Vor zweitausend Jahren

Das Volk, das im Dunkel lebt, sieht ein helles Licht
Über denen, die im Land der Finsternis wohnen
Strahlt ein Licht auf*

Denn uns ist ein Kind geboren

Zweitausend Jahre später

Das Volk, das im Dunkeln lebt, sieht Raketen
Für diejenigen, die in Gaza wohnen
Strahlt kein Licht auf

Denn für wen sind die vielen Babys gestorben

* Buch Jesaja 9:1.

Gespenst und Samenkorn

Fee-fi-fo-fum*

Ein Gespenst geht um in Europa – das Gespenst des Kommunismus**

Es entzieht vielen Seelen die Kraft

Körper ohne Seelen

Tauchen immer wieder auf

Tauchen immer wieder auf

Fee-fi-fo-fum

Ein Samenkorn, ein Samenkorn der Freiheit, schwillt unter der Erde an

Bricht durch den Boden

Jeder neue Spross streckt sich nach einem Sonnenstrahl

Wächst immer weiter

Wächst immer weiter

* Fee-fi-fo-fum stammt aus dem englischen Märchen "Jack und die Bohnenranke".

**Das Kommunistische Manifest (1848) - Karl Marx und Friedrich Engels Der Originaltext ist auf Deutsch: Ein Gespenst geht um in Europa – das Gespenst des Kommunismus.

Heimkehren

- Im März besuchte ich mit Freunden Tainan Qigu,
um die Schwarzgesicht-Löffler zu beobachten

Vollmondnacht im Mitherbst

Kälte und Ödnis verlassen

Dem hellsten Mondlicht folgen

Abheben

In Richtung warmes Taiwan

Mit voller Geschwindigkeit

Sterne begleiten mich in der dunklen Nacht

Mit der Morgendämmerung am Horizont

Sie sagen

Taiwan ist der gefährlichste Ort der Welt

Doch hier ist der Ort

An dem mein Herz zu Ruhe kommt

Mit dem Mond

Ich mache einen Abendmond

Weiß

Und Leicht

Hoch am Himmel hängend

Sieht er dich

Ich mache einen großen Mond

Überaus rund

Leuchtend

Begleitet dich

Auf dem Weg nach Hause

Ich mache einen goldenen Mond

Stelle ihn an dein Fenster

Ganz still

Er ist bei dir

Wenn du langsam einschläfst

Doppeleigelb-Mondkuchen

Durch den Doppeleigelb-Lotuspaste-Mondkuchen schneidend

Enthülle ich zwei Monde

Wie deine Augen

Ungewöhnlich hell und klar

Koste einen Bissen davon

Sanft und süß

Vermisse dich

Wellen der Traurigkeit

Steigen in meinem Herzen auf

Schließe meine Augen

Tränen beginnen zu fallen

Wie bizarr,

Wie kann dieser exquisite Mondkuchen

So verschiedene Geschmäcker haben

Wasserkastanien im Oktober

Herbst

Geerntete Wasserkastanien

Ihr zarter Duft

Durchweht den behaglichen Nachmittag

Vater kommt zurück mit zwei Tüten

Voll mit aromatischsten und zartesten Wasserkastanien

Das Entfernen der harten, schwarzen Schale

Offenbart den helllila Kern

So weich, so süß, so fluffig

Vater sagt

Die Kerne der Wasserkastanien haben ein sehr sicheres und warmes

  Zuhause

Ich sage

Das Zuhause der Wasserkastanienkerne ist mein Bauch

Ein gesättigter

Warmer Nachmittag

Mit Papa

Meine Magie

Sonnenlicht durchdringt Ahornblätter

Der Westwind bringt eine Dusche aus gelb-grünen Kätzchen

Auf der belebten Frankfurter Allee

Befehle ich der Welt, innezuhalten

Ein Mädchen mit blauen Haaren, das ihren Hund ausführt

Ein Junge auf einem Fahrrad mit einer schwarzen Wollmütze

Eine alte Dame, geschmückt mit einer goldenen Halskette

Vier Tauben, die auf das grüne Gras niedergehen, alle halten inne in

    den goldenen Strahlen der Sonne

Eine sanften Brise, die leise weht

Das ist meine Magie

Die Welt pausiert für dreieinhalb Stunden

失眠的鯊魚
Insomniac Shark · Der schlaflose Hai

Lesung
- Audiodateien

Sprecher: Dr. Malte Kießler (Deutschland)

Inhalt:

1. Zum Geburtstag viel Glück
2. Der Fluss der Zeit
3. Ich komme nach Maibila*, dich zu besuchen
4. Auf Wiedersehen
5. U-Bahn-Gerechtigkeit
20. Marokkos Klagelied
23. In der Albtraumnacht
24. Die zurückgegebenen Postkarten
27. Unfrohe Weihnachten
28. Gespenst und Samenkorn

YouTube   Spotify

Danksagungen

Vielen Dank an den Dichter Kuei-shien Lee für die Einladung. Es ist mir eine große Ehre, Teil der "Taiwan Poetry Series" zu sein.

Mein besonderer Dank geht an die talentierten Mehrsprachler Dr. Robert Phelps, Emma White, Barbara Müller und Dr. Malte Kiessler. Ihre engagierten Bemühungen haben die englischen und deutschen Übersetzungen maßgeblich geprägt.

Immenser Dank gilt Emma White, Dr. Malte Kiessler und Hanno Koloska für ihren leidenschaftlichen Einsatz bei der Produktion der Podcast-Episoden.

Besonderer Dank gilt Franz-Josef Kiessler für die Musikuntermalung zu "Der Fluss der Zeit".

Herzlichen Dank an "Li Poetry" in Taiwan für die Vorab-Veröffentlichung einiger früherer Gedichte. Mein tiefer Dank gilt dem Redaktionsteam von Showwe, insbesondere Mark Chen und Zoe Wu, für ihre umfangreichen Kommunikationen mit mir in den letzten Monaten.

Es erfüllt mich mit tiefer Dankbarkeit und großem Stolz, dass das Vorwort dieses Gedichtbands von dem renommierten Dichter und

Schriftsteller Yiwu Liao geschrieben wurde.

Insgesamt danke ich meiner Familie und meinen Freunden für ihre unermüdliche Unterstützung und Ermutigung.

Last but not least, bedanke ich mich bei Ihnen fürs Lesen.

Ich hoffe, dass die Zeilen dieser Gedichtsammlung uns allen das Leben näherbringen.

Biografie der Autorin

Angela, Ping-Fen HSU

Werbefachfrau/ Kuratorin

Geboren in Tainan, Taiwan. Abschluss im Fachbereich Kommunikation an der Fu Jen Katholischen Universität in Taiwan. Erwarb einen Master-Abschluss in Management an der Universität von Surrey im Vereinigten Königreich. Arbeitete bei IBM Taiwan und war später als CEO China für die britische multinationale Werbeagentur M&C Saatchi tätig. Derzeit ist Hsu eine aktive Kuratorin in Berlin, Deutschland, und widmet sich der Förderung des kulturellen und künstlerischen Austauschs zwischen Taiwan und Europa.

語言文學類　PG3056　台灣詩叢21

失眠的鯊魚
Insomniac Shark · Der schlaflose Hai
——許萍芬漢英德三語詩集

作　　者／許萍芬
責任編輯／吳霽恆
圖文排版／許絜瑀
封面設計／張家碩

發 行 人／宋政坤
法律顧問／毛國樑　律師
出版發行／秀威資訊科技股份有限公司
　　　　　114台北市內湖區瑞光路76巷65號1樓
　　　　　電話：+886-2-2796-3638　傳真：+886-2-2796-1377
　　　　　http://www.showwe.com.tw
劃撥帳號／19563868　戶名：秀威資訊科技股份有限公司
　　　　　讀者服務信箱：service@showwe.com.tw
展售門市／國家書店（松江門市）
　　　　　104台北市中山區松江路209號1樓
　　　　　電話：+886-2-2518-0207　傳真：+886-2-2518-0778
網路訂購／秀威網路書店：https://store.showwe.tw
　　　　　國家網路書店：https://www.govbooks.com.tw

2024年7月　BOD一版
定價：300元
版權所有　翻印必究
本書如有缺頁、破損或裝訂錯誤，請寄回更換

讀者回函卡

國家圖書館出版品預行編目

失眠的鯊魚：許萍芬漢英德三語詩集 = Insomniac shark =
Der schlaflose Hai/許萍芬著. -- 一版. -- 臺北市：秀威資
訊科技股份有限公司, 2024.07
　　面；　　公分. -- (語言文學類；PG3056)(台灣詩叢；21)
BOD版
ISBN 978-626-7346-90-7(平裝)

863.51   113006100